삶창시선

KB035036

늦은 꽃

늦은 꽃

초판 1쇄 발행 | 2021년 11월 23일

지은이 | 이현조
펴낸이 | 황규관

펴낸곳 | (주)삶창
출판등록 | 2010년 11월 30일 제2010-000168호
주소 | 04149 서울시 마포구 대흥로 84-6, 302호
전화 | 02-848-3097
팩스 | 02-848-3094

늦은 꽃

이
현
조 시
   집

삶창

시인의 말

삼 형제 중 막내로 태어났다.

유치원 다닐 때 매일 동생 하나 만들어달라고 졸랐다. 아버지는 내 소원을 들어주셨다. 어느 날 막내에서 셋째가 되었다. 우리 아버지는 그렇게 동생 하나쯤은 너끈히 만들어내시는 분이셨다.

위로 두 분 형님은 초등학교부터 두각을 나타내는 수재였다. 하지만 난 그냥 적당한 놈이었다. 공부도 성품도 그냥저냥 튀지도 모자라지도 않았다. 사춘기를 맞으면서 생각이 많아졌다. 도무지 통제가 안 되는 녀석이었다. 중학교 이학년 겨울방학 때 처음 가출을 했다. 폭설이 내리던 날 무작정 집을 나섰다. 정강이까지 푹푹 발이 빠지는 길을 10킬로미터가 넘게 걸었다. 더는 갈 수 없었다. 배가 너무 고팠다. 버스 정류장 매표소에 들어가 무작정 빵을 집어 먹었다. 그럭저럭 허기를 면하고 하염없이 앉아 있었다. 땅거미가 내려앉을 즈음 주인아저씨가 조용히 물었다.

"너, 돈 없지?"

"네."

"집이 어디냐?"

"벽계리요."

"어이구, 멀리도 왔네."

그러곤 조용히 버스표 두 장을 건넸다.

"그만 집에 들어가는 게 어때?"

구십 도로 허리 굽혀 버스표를 받아들고 집으로 돌아왔다. 가족 그 누구도 아무것도 묻지 않았다. 내가 가출했었다는 사실조차 모르는 듯했다. 그냥 아침에 나가 놀다 들어온 아들이었다.

그리고 삼 학년 때에는 학교에 가지 않았다. 검정고시로 학력을 채우겠다고 우겼다. 그때 처음으로 내 안의 글을 끄집어냈다. 봄볕이 쏟아지는 담장 아래 두꺼운 겨울 외투를 입고 쪼그려 앉아 시조를 흥얼거리는 할아버지의 모습을 담은 글이었다. 담임선생님이 집으로 찾아와 학교에 나오라고 설득하면서 그동안 무엇을 하며 지냈는지 물으셨을 때, 마땅히 답변할 것이 없어 글을 쓰고 있다고 대답했다. 잠시 침묵이 흘렀다.

"너 시인이 되어볼래?"

그날 이후 내 꿈은 시인이 되었다. 부모님은 내게 무엇이 되기를 바란 적이 없었다. 국어 과목을 가르치던 담임선생님의 한마디가 내 일생의 꿈이 되었다. 흔들리거나 포기하지 않았다. 사십 년의 세월이 흘렀다.

날아가버려라.
낱낱의 홀씨 되어 다 날아가버려라.
누군가 어딘가
닿아서
밟혀도 좋고 버려져도 좋다.

그렇게 비워진 난
봄이 오면
새 꽃을 피울 테다.

2021년 가을에
이현조

차례

1
부

발바닥의 생

가운데가 움푹하다
하늘을 닮았다

서쪽 끝에서 시작된 걸음마는
고단한 보행을 지나
지금은 천기를 읽을 나이

으르렁대는 천둥 뚫고
각질 더덕한 걸음으로
어머니에게 돌아가는 중이다

시끌벅적 물장구치는 아이들
돌부리에 차이며 졸졸대는 시냇물
물 등에 얹힌 시간의 주름들

돌이켜보니 아버지는 언제나
맨발이었다
몸을 지탱하며 앞만 보던 엄지발가락이

한풀 꺾여 하늘 향해 있다

부대찌개

닷새에 한 번은 지각이다
만원 버스가 서지 않는 장날이다

아버지가 미군 부대로 출근하는
우리 집은 장에 가지 않는다
콩이나 옥수수 햄 돼지고기 캔들이
다락 깊게 어둠의 장막으로 쌓여 있기 때문이다

소시지와 계란프라이가
친구의 볶은 김치와 콩장으로 바뀌어도
도시락은 반듯했고
오늘은 무엇을 가져오실까
아버지를 기다리는 행복은
저녁에도 저물지 않았다

지미 카터가 개입하기 전까진

소년이 자라던 자리에 호박이 자라고

녹슨 철망 앞에 꿀벌들의 초소가 섰다

이제 부대찌개는 양평해장국집에서 먹는다
아내와 나 사이 빈 방석 하나
반듯하게 놓아둔다

언덕

아버지 초상에 형은
파묘를 들먹였다
벌초 한 번 해본 적 없는
형은 진보적이고 개방적이므로
산소 따위 무의미했다

눈물도 조의도 없는 초상
각자, 접대에 바빴다

할아버지 산소도 파할 것이므로
드넓은 바다에 아버지를 모셨다

할아버지 산소는 터가 좋다더라
무당의 말을 입에 달고 사시던
어머니를 치매 요양원에 모셔놓고
할아버지는 파묘되었다

모든 가계를 한 줌으로 요약하고

각자 돌아가는 형제들

육지를 등진 조각배 같았다

핑계

본다
창밖 비 내리는 풍경

어제는 어버이날이었고
엊그제는
엄니와 병원에 댕겨온 날이다

입원하라는 진단에
— 나 병원 있기 싫다
　　무 몇 쪽 잘라 붙이면 금방 낫는다더라
한사코 집으로 가겠다는
가벼워질 대로 가벼워진 엄니를 업고
실한 무 두 개와 돌아온 날

아야야야 비명에
— 아프긴 머가 아퍼
　　무 몇 쪽 붙이면 낫는다믄서
멋쩍게 웃는 엄니

―아직 무수 안 붙었잖냐

밤새 날개 돋아 날아가버렸을까
애써 집에 가지 않은 어버이날
오늘은 또 무수히 쏟아지는
비를 핑계로 가지 않는다

부러진 상사화

상사화 한 줄기 병에 꽂았다
꽃 한 송이와 올망졸망
꽃망울 넷이 한식구다
망울은 틔워야 눈을 감지
몸을 찢어 마른 젖에 물을 댄다
꽃이 지자 꽃대는 찢기고 둥글어져
병 모가지에 걸쳤다

꽃망울은 애써 하늘로 머릴 둔다

아버지 돌아가시고 엄니가 그랬다
망울 넷 틔우느라 돌돌 말려 둥그러졌다
엄니 몸 빨대 삼아 꽃이 되었지만
벌도 나비도 들지 않는다
막내 꽃 숭어리도 쉰 해를 넘어간다

병 속 물이 바닥까지 말랐다

물도 늙으면 백발이 된다

투병 중

오르기 위해선 가벼워야 한다
이승의 밥으로 연명해온 몸
며칠 새 피골이 상접이다

새틸 같은 꺼풀조차 들어 올리지 못하는 눈
"셋째 왔냐?"
목소리로 얼굴을 더듬고야
돌아눕는다

사선에서 그리운 건 얼굴뿐이다

가족과 친족을 넘어서지 못하는 일생
그걸 위해 발버둥 치며 살았다
혈서로 맺어진 얼굴
몸보다 더디 비워진다

귀향

무서울 것도 안 될 것도 없는 서른을 지나
만만한 것도 되는 것도 없는 마흔을 지나
도망치듯 돌아와 슬하에 들던 날
중년의 아비는 두려움 가득했고
노년의 아비는 암 덩이 가득했다

다 잃은 아비와 다 버린 아비는
마주 보는 거울만 같아서
사랑은 입에 담지 않는 것이 상례라
독설만 퍼부어댈 때
노년의 아비 담 그늘 향해 혼자서 되뇐 말
유언이 되고 말았다

난 그래도 넷 중에
니가 젤 잘될 줄 알았다

벽시계

이제 그만 놓아주세요
아침에 일어나 제일 먼저 태엽을 감던
아버지 떠나신 후로
멈춰버린 시계

감아도 더디 가는 녹슨 태엽처럼
아버지 모습도 흐릿하다

이제는 녹슨 시간을 지나
남은 시간을 살아내야 할 때
시계를 바꿔 달았다
밤에도 잘 보이는 전자시계다

시계 뒤로는 시간이 흐르지 않는 듯
벽시계 떼어낸 자리
하얗게 멈춰 있다

네모반듯 관짝 같다

칼바람

몹시도 추웠지 살점의 포를 뜨는 칼바람
기사식당 앞 도로변에 서서
몇 안 되는 나이와 가난이 전부였던 내게
집에 가자 구원처럼 다가온 큰형에게서 떨어진
부고

사람은 같이 음식을 먹어보면 알게 된다
욕심 많은 자는 맛난 음식을 독차지하려 하지
사람은 맛난 음식이 있어도 다른 사람을 위해
젓가락을 놓을 줄 알아야 해

교통사고로 반신불수 된 할머니 수족으로 반평생
할머니를 보내고야 정신 줄 놓았던 할아버지
며느리 앞에 발가벗겨져 묶은 때 밀던 날
고사리손만 한 햇빛 찾아 담장 아래 쪼그려
두툼한 털점퍼에 추억을 갈무리하던 할아버지

할머니에게 수족을 내어주고

주머니 속 먼지마저 큰아들 손에 내어주고
곰팡내 나는 품속으로 찾아든 손자에게
청빈한 마음마저 얹어주고
훨훨 날아오르던 그 겨울
임종을 지키지 못한 손자 놈 눈에 밟혀
칼바람이 된 할아버지

제주도 막걸리

감귤 막걸리 세 병
팔월의 불볕더위와 동행들의 입 다심 외면한 채
페리호는 육지로 간다

지붕 낮은 집에 와 있는
여자
한 살림 차리기로 맘먹은 축하주다

한 병 남겨놓고 몸도 마음도 풀어져
깊은 어둠으로 내려앉는다
아무 일도 일어나지 않은 밤

그땐 뭐가 씌웠던 거지
그날 이후 아내는 맥주만 마신다

괜찮여 아직두 내 눈에선 감귤 향내가 나니께
다 술 탓이지 뭐
억울하믄 남은 날은 해장국처럼 살자구

가풍

흰 수건 머리에 둘러쓰고
무명 치마에 앞치마 두른 할머니
곁에
바가지머리 올챙이배 소년
내 어린 날의 유일한 흑백사진

뺑소니 사고를 당했다던가
퀴퀴한 방바닥을 기어 다니던
반신불수의 할머니

두말없이 똥오줌 받아 내던 할아버지는
할머니 먼저 보내고야 안심인 듯 정신 줄 놓았다
아니 볕 좋은 담장 아래 쪼그려 앉아
가져갈 수 없는 이승의 기억 하나씩 지운 거다

하나씩 지우다 어린 나에게 맡겨둔 기억
'사람은 함께 밥을 먹어보면 안다'

가풍을 이어받은 아버지는 손수 미역국 끓여
생일상으로 어머니와 마지막 인사를 나누고
함께 밥 먹고 싶은 여자를 만난 아들은
맛난 것은 다 여자 밥그릇에 올려주었다

여자는 일주일이 멀다 하고 잔칫상 차려
문밖으로 가풍을 전한다
아들은 여자를 위해 밥값을 번다

배달의 기수

당신이 부르면 나는 달린다
당신의 쫄깃한 미각을 위하여
기다림에 지쳐가는 당신을 위하여
목숨 걸고 달린다
당신의 허기를 채워야
나의 가난을 벗을 수 있으므로
비틀거리는 어둠 뚫고 달린다
두 바퀴에 생을 싣고 사선을 넘나든다
어차피 삶을 바쳐 삶을 잇는 게 생 아니냐
살아서 문전에 도착하는 면발이 생면이다
아 총알이네, 하얗게 웃는 당신 얼굴
불 꺼진 거리에 둥근 달처럼 빛나고
비로소 모든 허기가 녹는다

따르릉
어둠 저쪽에서 부르는 소리
쌩, 목숨 걸고 달리는 생면부지여

밥집에서

곤드레밥집에서 차림표를 보던 아내가
어수리가 뭐예요 주인에게 묻는다
나물 중에 최고의 나물이죠
우문에 현답이다

주는 것만 먹다가
먹고 싶은 것만 먹는다
맛난 것만 먹다가
몸에 좋다는 것만 먹는다

나물 중에 최고라는 말에
생전 처음인 어수리돌솥밥을 주문한다
잘 차려진 밥상 앞에서
어머 이걸 어떻게 다 먹지 너스레를 떤다

당뇨와 심근경색을 앓던 아버지를 심장마비로 여
의고
당뇨와 합병증을 앓는 엄마를 치매로 요양원에 모

시고
　중년의 나이에 깜박이는 기억력과
　머리 어깨 무릎 발 허리 통증을 달고 사니 생긴 버릇
이다
　기왕이면 몸에 좋은 것이 최고여

　천식으로 호흡기를 달고 살던 서방을 보내고
　무릎 수술하고도 걷는 게 힘든 장모님
　아픔으로 얼룩져본 사람만 할 수 있는 당부
　자꾸만 배가 볼록해지는 딸에게
　지지고 볶고 살아도 아프지는 말아라

생일

—올해가 큰애 환갑이란다

치매 요양원에 계신 어머니 전화에
—아니 치매 노인이 아들 환갑은 어떻게 아신데

서운함을 토하던 아내가
코로나19 예방접종하는 날 점심 자리에서
끝내 농담 반 진담 반 넌지시 건넨다

—어머니는 셋째 이름도 모르면서
　어떻게 큰아들과 막내아들 생일은 안 잊어버리
　세요
　셋째 아들 생일은 아세요

—글쎄다 춘삼월인가
　너털웃음으로 얼버무리신다

—어이구 그래도 삼월인 건 아시니

삼월에 생일상 서른 번만 차리면 되잖어

셋째 아들 배부르것다

돌팔매

왜 안부 전화도 안 하냐
어려서 아픈 기억이 많아서요

무엇이 그리 아팠냐고
물을 수 없었다

기억나는 게 없다
무심히 던진 돌이었다

그럼 계속 인연 끊고 살아라
또다시 돌을 던졌다

아내

애정이 식었어.
처음엔 용기 북돋아주고 다 괜찮다더니,
이젠 매일 구박만 하고
이건 사기 결혼이야.
입만 열면 여자 혹하게 하는 선수고
나 만나기 전에 제비였지.

─그래서 싫어?
　싫으면 물러!

아니 죽을 때까지 살 거야.
당신은 나보다 딱 삼일만 더 살아.
내 장례는 꼭 당신 손으로 치르고
따라와.

늦은 꽃

올해는 가물어서 꽃이 안 피나 봐
아내의 속을 태우더니
여름 장마보다 긴 가을장마에
일제히 꽃망울 터트렸다

열 손가락 깨물어 안 아픈 손가락 없다지만
안 아픈 손가락 있다
똑같이 깨물어도 더 아픈 손가락 있다

아내는 셋째에게만 애정 표현 안 한다고
셋째는 자식도 아니라고 어머니에게 불평하지만
나는 안다
셋째인 내가 더 아픈 손가락인 걸

번듯한 직장도 없이 중년 넘어
가정 꾸리고 겨우 앞가림하고 사니
행여나 말이 씨가 돼 금이 갈까
말보다 먼저 눈언저리가 글썽이는

살얼음판 같은 마음이다

어미 잎 다 태우고 아내 꽃까지 다 시들게 한
나는 져야 할 때 피어난 상사화다

삐딱구두

아버지는 미군 부대 앞에서 양화점을 하셨다
초등학교 사학년 때인가 아버지는
양공주가 맞춰두고 안 찾아간 거라고
가죽 부츠를 주셨다
부츠를 신고 등교하던 날
친구들이 졸졸 따라다니며 삐딱구두라고 놀렸다
그럼 어쩌랴 부러워서 그런 걸 다 안다
친구들은 고무신이다 읍내 사는 애들도 고작해야
깜장 운동화다
친구들은 죽었다 깨어나도 삐딱구두의 굽 높이를
따라올 수 없다
삐딱구두를 신고 있는 한 내가 짱이다

안부 전화

여보 엄마한테 별일 없는지 전화 좀 해봐
왜 자기가 안 하고 맨날 나한테 시켜

아내는 모른다
엄마, 하고 부르면
머릿속이 하얘지고 말문이 막힌다는 걸
엄마와 난 말로 대화하는 사이가 아니라는 걸

초등학교 때 탈수증 걸려 걷지도 못할 때
엄마보다 훌쩍 큰 나를 업고 약국으로 달려가던 기억
가출해서 몇 년 만에 불쑥 찾아온 나를
아이구 우리 아들 왔냐 어디 한번 안아보자던 기억

아직 고맙다는 말도 못 했는데
무슨 말을 할 수 있겠어
치매로 그 기억들 잊었으면 어떡하라고

여보 엄마한테 뭐 필요한 거 없는지 전화 좀 해봐

2

부

농사

어려서 배운 천자문이 전부여

문간채를 공부방으로 내어주고

가업은 뒷전으로 공부만 하던 아버지 덕이지

아버지가 이장 되면서 가산 탕진하고

육이오 때 남은 농지마저 강제 배분되면서

아버지 대신 가장 노릇까지 했지

썩은 솔가지라도 한 짐씩 해야 불이라도 지폈지

어렵게 입학한 국민학교는 전쟁 통에 결석이 다반
사라

졸업은 꿈도 못 꿨지

농사 잘 지을 여자 골라 혼인해서 죽어라 땅만 일궜
지

말년이 돼서야 탕진한 가산 겨우 일으켰지

서방 잘못 만난 집사람은 죽어라 일만 하다 두 번이
나 죽을 고비 넘겼고

먹고사는 건 그만헌디 공부가 문제여 배운 게 있어
야지

아버지 제삿날 아들이 셋인디 축문 하나 쓸 위인 없

냐는 작은아버지 말씀에

　　그만 잊었던 한이 맺혀 칠순 넘겨 붓을 잡았지

　　축문 쓰기 천자문 쓰기 달력 뒤에도 신문지에도 온
통 먹물이여

　　가난과 무식을 대물릴 수 없어 허리가 휘었는디

　　공부시킨 자식들은 가업 이을 생각도 없고

　　잡초 무성한 밭두렁에서 한숨만 부쳐 먹지

　　사는 게 도대체 이게 뭐냐고

죽음에서 배운 삶

우리 아버지는 대한제국 사람이여

나라 꼴이 어수선한 때 한학을 공부하셨지

과거 시험이 폐지된 때라 농사를 소일 삼아 공부만
하셨지

내 또래들이 국민학교 들어가 뭣도 모르고 신사에
참배할 때 난 서당서 공부만 했어

서당 마치고 성호리 백 선생께 한학 배우고 남당리
박 선생께 육갑과 지관을 배웠지

제대하고 나서는 내종형 따라 지관을 봤어

파묘하고 이장하는 현장에서 책으로 배운 육갑과
배산임수를 깨우쳤지

그걸 업으로 삼으려고 배운 게 아녀 오로지 부모님
잘 모시려는 일념이었지

내 삶은 죽음에서 배운 겨 나는 한량이여 농사는 짓
지만

농사가 뭔지도 몰러 인생은 땅 한 평이면 족헌디 머
하러 아옹다옹 살것나

근디 내가 즐거울 때 땅만 일구던 마누라가 얼마 전

치매 판정을 받았어

　내가 감당할 수 없어 치매 요양원에 보냈는디 돌아
서는 바짓가랑이 잡구

　나 여기 있기 싫어 죽어두 집이서 죽을 텨 허는디

　차마 돌아서질 못하것드라구

　그래서 밖으루 나댕기질 못혀 나가봐야 기력 딸려
할 일도 없구

　정신 없는 마누라 두고 내가 먼저 눈감을까

　그것이 걱정이네

파란만장

천구백삼십년 건넌방에서 생(生)

손기정 남승룡 한글 교육 금지

창씨개명 조선어학회사건 팔일오광복 오십총선거

육이오 휴전 우리말큰사전 완간

부정선거 사일구 이승만 하야 장면 내각 사퇴 보릿
고개 오일륙 경제개발오개년계획 박정희 정부 수립 한
일협정 한미행정협정 경인고속도로

경부고속도로 서울부산 전화 개통 남북공동성명 유
신헌법 육이삼평화통일선언 서울지하철 개통 육영수
여사 피격 북한 땅굴 판문점 도끼 만행 한국등반대 에
베레스트 등반 성공 세종문화회관 자연보호헌장 십이
륙사태 십이십이사태

오일팔 전두환 정부 수립 이산가족 찾기 대한항공
기 폭파 사건 아시안게임 박종철 고문치사 유월민주
항쟁 육이구선언 서울올림픽

남북동시유엔가입 김영삼 대통령 대전엑스포 금융
실명제 성수대교 붕괴 삼풍백화점 붕괴 지방자치제 조
선총독부 건물 해체 아이엠에프구제금융 김대중 대통

령 금강산 관광

한일월드컵 부산아시안게임 제2연평해전 노무현
대통령 노무현 탄핵소추 케이티엑스 개통 노무현 탄
핵소추 기각 남북정상회담 이명박 대통령 취임 지이
십서울정상회의

박근혜 대통령 세월호 침몰 사건 인천아시안게임
국정농단 최순실 촛불집회 문재인 대통령

볼 꼴 못 볼 꼴 다 보고
노인연금 재가복지요양보호사 덕분에
이천십구년 안방에서 몰(沒)

식물원

코가 뾰족하다는 이유로 양코라 불렀다

미군 부대가 있는 동네라 생길 수 있는 별명이다

양코는 자전거로 등교하는 몇 명 중 하나다

가끔은 자전거에 내 책가방을 싣고 나란히 걸어서 하교도 하고

가끔은 나를 태워 코스모스 핀 도로를 달리기도 했다

중학교까지 같은 반이 된 건 한 번뿐이다

그때 알았다 양코의 도시락 반찬은 늘 김치볶음이나 콩장이라는 걸

소시지 장조림 계란후라이 부산어묵 갈치구이 고등어조림

이런 반찬은 나뿐이었다

점심시간이면 친구들은 내 도시락 앞에 줄을 섰다

내 반찬과 친구들의 김치 깍두기가 한 젓가락씩 거래됐다

덕분에 친구들 집안에 전해지는 손맛은 거의 맛보았지만

내 입맛을 사로잡은 건 양코의 김치볶음이다

그 후로 내 반찬과 양코의 김치볶음이 통째로 맞교
환되고
  학교 끝나면 티브이도 안 보고 양코네 집으로 달렸다
  농사일 거든다고 일만 저질러놓고
  상일꾼인 듯 당당하게 저녁상을 받아야 돌아왔다
  고기만 반찬이고 채소는 고기에 곁들여 먹는 것인
줄 알았던 내게
  갓 지은 보리밥에 고추장 참기름으로 비벼 포기김
치 한 줄기 걸쳐 먹는 것이
  밥인 줄 처음 알았다
  배 꺼진다고 큰 소리 한 번 내지 않는 양코네는
  으르렁거리는 동물원 옆 식물원 같았다
  녹슨 철조망만 남긴 채 미군 부대는 떠나고
  영어를 못 하는 양코는 목수가 되었다

장남

여홍 민씨라고만 했다
아버지가 면서기를 지내다 빨갱이에게 처형당했다
고 했다
다른 집안 내력은 일절 말하지 않았다
말할 게 없었다
여홍 민씨는 무조건 벼슬을 준다는 황후의 제안도
거절하고
할아버지는 항일운동을 했지만
면서기가 된 아버지는 입 밖에 내지 않았다
할아버지에 대해선 아버지에게 들은 바 없다

새마을운동이 나를 살렸다고 대통령을 찬양한다
동생들 공부시키려고 학교도 포기하고
홀어머니와 농사로 평생을 살았다
공부로 일가를 이룬 동생들에게 보란 듯이
장남 체면 세우려고
군 위원 농협 조합장 출마도 했다
아버지는 면서기였고 나는 이장이었으니

당연히 당선될 줄 알았다

할아버지 얘기를 좀 더 일찍 알았더라면
번듯한 장남이 될 수 있었을까

삼각관계

장수원 치매 노인들과 전통 놀이 한다

영도 할아버지는 복자 할머니 뒤만 따라다닌다
할아버지는 간식을 받으면 주머니에 숨겼다가
몰래 복자 할머니 손에 쥐여준다
연애편지나 휘파람 따윈 잊었지만
사랑이 무엇인지는 몸이 기억한다

장수원으로 돌아가는 버스를 몰던 내 손에
할머니가 내리시며 무엇인가를 쥐여준다
간식 시간에 나눠준 사탕이다

이후로 영도 할아버지가 보이지 않아
복지사에게 물었더니,
할머니가 내게 사탕 주시는 걸 보셨단다
그 사탕이 할아버지가 할머니에게 주신 거였단다
그날 이후로 영도 할아버지는
말씀도 줄고 할머니를 피해 다닌다고 한다

복자 할머니에게 편지를 썼다
복자 씨, 내 사랑은 사탕 하나로는 택도 없어요
요즘 밥 먹자는 할머니가 있어요
사탕보다 밥이 좋은 절 용서하세요

지훈이

지훈이는 펩시만 마신다
초등학교 입학하던 날
코카콜라 사러 나간 아버지가
그 후로 돌아오지 않아서다

뛰기라 놀림받아도 지훈이는
울지 않았다

십 년이 훌쩍 넘어 아버지는
코카콜라 대신 미국행 표를 주었다
엄마와 여동생을 남겨두고
홀로 가는 아메리칸드림이었다

꽃 소식

산마을 정류장 옆
흰 꽃 흐드러진 벚나무 아래
빨간 우체국 차
오래 머문다
편지마다 꽃 내음 스민다

헐떡이며 비탈밭까지 올라온 우체부
할매, 미순이가 집 나간 따님 아녀유

거름 내던 할매 손에 쥐어진 편지
엄니 주말에 애들 데리러 가요
빚도 갚고 월셋집도 얻었어요
열두 해 만에 핀 꽃이다

주소 없이 가는 것이 낙화인디
이 꽃은 묵은 길 잘도 찾아왔네

걸음마도 못 떼고 온 어린것들

에미 얼굴이나 알아볼까, 눈시울 젖는디
비탈밭 내려가는 흰나비
영락없이 화병으로 죽은 영감 옷자락이네

꼬부랑 할머니

나름 차려입은 꼬부랑 할머니 둘
동네 친구인 듯 다정하네
한 손에 지팡이 한 손에 검정 비닐
아니 아니 허리 휘도록 지고 가는
하늘도 있네

아홉을 업어 기르며 사래 긴 밭 매던 등허리
쉴 만하니 잿빛 하늘이 업혔네

할매 하늘이 제법 무겁쥬
하늘이 무겁기루 자식만 허것어
하늘은 흐렸다 개기라두 허지
자식 놈은 맨날 먹구름이여

팔십 농사에 실패한 건 자식 농사뿐이여
기우뚱 구름 쏠리는 쪽으로 지팡이 건넨다
끝내 입 밖에 내지 못한 영감이
잿빛 하늘 저쪽에 가물가물 어려 있다

방물장수

팔 길이만큼 수레를 밀어놓고 고무 방석 위에 묶어
둔 몸을 당기면 비로소 한 걸음이다 일찍이 이렇게 무
겁고 더딘 걸음을 본 적 없다 장꾼들 무릎 사이로 경적
처럼 유행가를 부르며 간다 그렇다고 그의 길이 산책
로는 아니다

부슬비 오는 장바닥 온몸으로 살아온 발자국 선명
하다 빗자루로 쓸고 간 흔적 같다

낫 장수 처녀의 풍물 장단

쇳가루 날리는 집에서 태어나 쇳가루 먹으며 자랐
지유
열두 살 고사리손으로 하루에 삼사백 개
자루에 날 박는 재미루 핵교를 부지기수로 빼먹었슈
그려서 아는 건 철물밖에 없슈
광천 홍성 갈산 해미 장터를 떠돌다가
자루에 날 박히듯 굳은살 박인 처녀 손
가마솥 총각이 덥석 잡는디
아따 찌르르 불꽃이 일드만유
앞자리 낫 장수 뒷자리 가마솥 장수
쩔그럭 쩔그럭 떠도는 장마다 불꽃 피는디
난전이 꽃밭인지 꽃밭이 난전인지
흘러간 세월이 육십 허구두 삼 년이유
난전서 철물점으루 예식장으루 주머니 커지구 쇳가
루 쌓이는디
그거 다 누리지두 못허구 가마솥 총각 먼저 떠난 지
삼 년
그때는 그게 꽃 시절인 줄 알았쥬

그런 게 아닌디 그런 게 아닌디 홀로 아리랑 홀로
아리랑

낫 장수 처녀 홀로 남아 장구를 치는디

얼씨구 좋은 거 절씨구 좋은 거 요즘이 꽃 시절이
네유

고목에 꽃이 피려는지 자꾸만 물이 올러와유

정자나무

부챗살처럼 활짝 웃고 있는 주름살
백팔십육, 해가 지나간 자리마다
뼈마디가 시리다
바람이 뿌리 속까지 드나든다

이제 그만 눕고 싶은데
나이 어린 어르신 하나둘
늘어진 가지를 이고 앉아
성치 않은 발음으로 한낮을 피하고
못 들은 척 가지 끝에 촉을 세워
푸른 허공에 말씀을 받아 적는 느티나무

—너무 더워 힘들지 않으세요
—괜찮어유 그럭저럭 살 만혀유

나무도 사람도
낮게
느리게

오래가는
거북이마을*

나이가 들면 애쓰지 않아도
왜 서로를 닮아가는지
나무나 거북이보다 나이 어린 어르신
모두가 같은 주름으로 엮여 있다

* 거북이마을 : 충남 홍성군 구항면 내현리

억새꽃 부부

할미꽃 같은 여인이 "철수 아빠!" 부르자
억새꽃 활짝 핀 노신사가 돌아본다

아니 지금 그 연세면
철수가 아빠 소리 들을 나이 같은디
아직두 철수 아빠라구 부른대유?
넌지시 말을 건넸다

늙으나 젊으나 사람은 다 같은 겨
늙은이와 목석이 같은 말은 아니지
뒷방 같은 경로석도 싫고
동정 같은 우대도 싫어
그냥 사람으로 사람 속에 있고 싶은 거지

코골이밖에 모르는 서방 곁에서
손길 닿을까 설레는 밤도 있지
저이만 보면 아직두 수줍어

아따 인생은 이제부터 시작이라는디
으악 으악 으악새는 왜 이리 심난헌지 몰러

육십갑자를 돌아온 소녀와 소년이
손을 잡은 듯 만 듯 어깨에 기댄 듯 만 듯
으악새처럼 서 있다 찰칵

3
부

풀 깎기

나흘째 예초기를 돌린다
여름 다 가도록 못 깎은
돼지감자 미국자리공 달맞이꽃은
나보다 키가 크다

구석구석 씻고 화장품을 발라도
날숨마다 풀내 난다

돌멩이에 멍들고 찢기고
풀독에 온몸이 가렵다

손톱 세워 긁어대다 생각해보니
잡초도 꽃 피고 씨 맺는 것들인디
나 혼자 온전하면 안 되지
손톱 접는다

책장

　—상처 없이 크는 나무가 어디 있으랴 옹이 많은 나
무가 더 단단하다

　소나무는 송판이 되어서도 상처를 어루만진다
　상처마다 진물 흐른다
　상처 밑에 책들이 휴지처럼 몸을 말아
　진물 닦아준다
　책도 함께 단단해진다
　진물 다 빠져나간 자리 헐거워져 옹이도 빠져나간다
　덕분에 책장은 눈이 생겼다

암탉

신발장에 들어간 그네가 알을 낳고
나오지 않는다
알의 방향을 잡더니 품는다

어머 그네가 바람피웠나
아내의 한마디에 부정 없는 그네가 부정된다

부정이 있으면 유정이요
부정이 없으면 무정이지
부화기에서 태어나 입양 온 그네는
두근거리는 심장 소리를 모르는 암탉이다

무정한 알을 품다가 유정이 그리운지
뛰쳐나가 허기진 속을 채운다
버려진 알에서 체온이 빠져나간다

품는다는 건
가만히 두근거리는 심장을 들려주는 것

심장 소리에서 따스한 눈이 튼다

그네야 다음 장날에 수탉 사러 갈까

마스크

식구란 밥상에 둘러앉아 함께 밥을 먹는 사이란다

지갑 없이는 나가도 마스크 없이 못 나가는 세상
잊어버리지 마라고 아내가 마스크 목줄을 해줬다
목에 매달린 마스크는 고스트버스터즈에 나오는 먹
깨비 유령 같다
내가 먹다 흘린 음식 다 받아먹는다
담배도 피우는지 가끔 담뱃재도 뱉어낸다

식구 하나 늘었다
함께 붙어 다니고 함께 밥을 먹는 사이
이름도 있다 케이에프 구십사
그나마 나보다 덜 먹어 다행이다

동쪽의 집

향교에 짐을 푼 지 오 년 만에
새 기왓장을 올리는 날이다

디새*를 걷어내기 전날 밤
불안의 기색을 느낀 참새들
급하게 떠난 흔적 감싸고 있다
금빛 황토들이 참새 둥지를 움켜쥐고 있다

사람 대신 동재의 식구로 살아온 지 오래
알매흙**과 홍두깨흙***이 바람에 몸을 싣고 흩어
진다
육십갑자 열 번의 세월을 이어온 관계
서로의 가계도를 줄줄이 외도록
몇 번의 이산이 더 있었다
호란이다 전쟁이다 난리 통에
체온이 빠져나갈 때마다
화석처럼 뼈대만 앙상했다

참새가 떠나던 날 밤 아랫방 두꺼비도 떠났다
멀리 가지 못하고 명륜당 기단으로 들어갔다
세 식구 뿔뿔이 흩어져 아빠 두꺼비 혼자
밤이면 마당에 나와 우두커니 집의 뼈대를 바라본다

바다를 건너온 바람이 뼈피리를 분다
일찍 가을을 여의고 체온 없는 것들만 춤추는 밤
두꺼비가 가만히 집의 발부리를 덮어준다
바람이 멈추면 다들 돌아올 거라고

체온이 빠져나간 집의 품이 조그맣다

* 디새 : 기와의 옛말
** 알매흙 : 암키와를 고정하기 위해 놓는 흙
*** 홍두깨흙 : 수키와를 고정하기에 채우는 흙

낙엽

육백 년씩이나 살았으면
염치는 고사하고 눈치라도 있어야지
여가 워디라고 머리칼 풀어헤치는 겨
그 나이에 진자리 마른자리 구분 못 하면
헛산 거지

낼은 손님 오시는디
젖은 마당에 비질하다 세월 다 가것어

안 되것슈
우리 막걸리 받아놓구 대화 좀 해유
휘날린다구 다 깃발은 아니잖유
불혹이 지나두 백 번도 지난 양반이
왜 이렇게 흔들리는 규
눈 한 번 껌뻑이면 바람도 자고 구름도 갈 텐디
진정 좀 해봐유

세대

할아버지 수염은 자연, 스럽다
할아버지 수염엔 고사리가 핀다
고사리손이 수염을 쓰다듬으면 너털웃음 핀다

바람의 시간을 오래 견뎌야 품이 생긴다
오래된 집이 처마를 펼쳐 참새를 품고
오래된 축대가 품을 넓혀 민들레를 품었다

자꾸만 턱 밑이 간지럽다
어린 참새는 마당에 내려와 뛰놀고
민들레는 꽃 지고 하얀 수염이 자랐다

고사리손이 턱 밑을 간질인다
곧 너털웃음 피겠다

발버둥

안면도 가는 길에 커다란 페인트 간판
오만 가지 이쏘

그래도 다 이쏘엔 안 돼
다 있는데 어떻게 이길 껴
혹시나 해서 발버둥 쳐보는 거지

동백

이젠 잊기로 해요
여름 산을 내려온 동박의 달콤한 입술
백설의 대지에 나 홀로 붉었던 모습

아름다웠지만
잊기로 해요

이제
홀로 붉어지는 노랜 부르지 않을래요
새봄이 오기 전
언 땅으로 돌아가 시인이 될래요

살얼음 밑을 흐르는 시냇물 소리
봄을 기다리는 진달래의 고른 숨소리
나물 캐러 집을 나선 소녀의 웃음소리
겨울을 잘 살아낸 것들의 이름을 기억하며

언 땅으로 돌아가

시인이 될래요

몸의 기억

눈을 감아도
눈을 떠도
눈에 밟혀요
하늘마저 빠져버린 아우라지

강물 대신 구름이 흐르는
아우라지에 갔지요

내 몸 어디에
아우라지 사연이 박혔는지
아우라지 다녀온 후로
아라리 아라리 목젖에 출렁이는
배운 적도 없는 아리랑

동백은 싸릿골 낙엽 위로 쌓이고요
버들치는 골지천 산고랑을 헤매고요
피라미는 송천 하늘을 맴돌고요
어우러진 사연 하나 없는 아우라지요

눈을 감아도 눈을 떠도
아리랑 아리랑 아라리가 나요

삼불(三佛)

산사가 너무 고적해
스님들이 거리로 내려와
고행을 한다

사랑으로 다른 사랑을 잊는다는 노랫말처럼
거리에서 거리의 추억을 잊으려는 삭제중
모뎀을 통해 말씀과 법을 구하는 로딩중
이 길이 아닌가벼 이 길이 아닌가벼
돌아보고 또 돌아보는 편집중
멀고 먼 길을 파고 또 파는 공사중

언젠가 인도에서 보았던 탁발승의 행렬처럼
거리에 울리는 목탁 소리
그러나 중생들은 안 보고 안 듣고 입 닫는다

오카리나

작은 거위가 바람을 품었다

들숨 날숨으로 폐부 깊이 갇힌 바람은
여자의 손길 닿을 때마다 조금씩 풀려난다

거위가 사람과 사람 사이에서 춤을 춘다
사람들의 얼굴에 꽃이 핀다

거위가 춤을 멈추자
일제히 꽃들이 날아오른다

시

그대와 너무 오래 너무 멀리
떨어져 있었다
몸이 멀어져 그대가 낯설어질 즈음
그리움마저 내려놓고, 비로소 보았다

태초로 돌아가 요람에 들 듯
노(老) 시인의 이야기 속에 스치는 얼굴

그만큼 오래 보았으면 이젠 동거라도 해야지
그대를 품자 옹알이하듯 말문 트인다

거울 보기

거울을 들여다본다
아무도 없다

아, 나는 거울 뒤편
어둠이었지

도시로 간다

가족처럼 잘 지내보자
열심히 일하면 분점도 내줄게
어부의 손은 장밋빛이다

동해에서 서해에서
꿈꾸는 생선들이 모여드는 어시장
수족관은 푸른 꿈으로 넘실대는
마지막 바다다

몇 푼의 지폐와 꿈이 거래되고
검은 예복 입고 도시로 간다
파도 소리 대신 끓는 물소리 들으며
도마에 올라 돌아보는 바다
자장가 한 소절 아련히 뒤척인다

섣불리 도시를 꿈꾼 죄
요동치는 냄비 속으로 바다를 게워낸다

고요한 마을

사람의 마을에
사람이 없다

마을도 죽었다
문상객 하나 없다

시작(詩作)

딩동, 독버섯님이 로그인하셨습니다

어둠의 심연에서 이를 악물고
피어오르는 독기
꽃 피는 순간 출렁이는 씨줄과 날줄
끊을 수 없는 맛이다
독기 없이는 하루도 눈뜰 수 없는
황홀한 유희

딩동, 독만 남겨놓고
버섯님이 로그아웃하셨습니다

주소록을 정리하며

낡은 주소록에서 새 주소록으로
주소를 옮겨 적는다

늘어지고 덜컹이고 가시 돋친
수취인 불명의 주소를 말소시키고
마른 잉크 몇 줄만 남긴다

삐뚤어지지 말자 관심법으로 살자
침 발라 정성 들여 써 내려도
번지수가 어긋나는 주소들

지울 것 지우고 지워야 할 것까지
지우고 나면
채워야 할 공백이 덩그러니 일출을 맞는다

개천절

고마나루 바라보며 야영하는데
갑자기 거센 바람 불어 그늘막이 날아간다
―아니 갑자기 웬 바람이지
―오늘이 개천절이잖아
―개천절과 바람이 무슨 상관이야
―가벼운 것들 날려버리려고

구원자도 심판자도 아니고 바람이라니
아직은 세상이 쓸 만한가 보다

하늘의 뜻 살필 줄 아는 당신은
지천명이 맞다

다알리아

장곡사 답사 갔다 오는 길에
—어머 다알리아다
—어머 너무 이쁘다 꽃 이름이 뭐라구요
—다알리아 다 안다구 다 알리아
뒷좌석에서 꽃 이름으로 수다를 떤다

그래 저 꽃은 다 알고 있을 것이다
낮말 듣는 새도 있고
밤말 듣는 쥐도 있는데
다 아는 꽃이 없을라구

적어도 여자의 마음은 알잖아
어떻게 해야 이쁨받는지
사람도 모르는 그 비결을

철

행사 마치고 늦은 저녁 먹으러 가는 길
어스름 하늘에 청둥오리 떼지어 간다
끼룩끼룩 합창하며 간다

—아이구 쟤들 지나갈 때 올려다보지 마유 쟤들은
날아가면서두 똥 싸더라구유
—얼굴에 맞아봤나 보네
—예 입으루 안 들어간 게 천만다행이유 고개 젖히
면 입 벌어지잖어유
—맞아 날아가는 새똥 맞으면 로또 사야 돼

—누가 삼돌이 삼순이 아니랄까 봐 죽이 척척 맞네
—왜유 이런 대화가 재미있잖유
—퍽이나 재미있겠다 니들은 언제 철든다냐
—아이구 형님 철을 왜 들어유 힘들게
—그래 철들지 말고 살아라 철드니까 세상이 맞짱
뜨자고 덤비더라

해

설

무구한 존재들이 펼치는 여백의 미학

오홍진 문학평론가

이현조는 이번 시집을 통해 "물 등에 얹힌 시간의 주름들"(「발바닥의 생」)을 하나하나 풀어내고 있다. 「발바닥의 생」을 따른다면, 시인은 가운데가 움푹한 발바닥의 힘으로 "고단한 보행을 지나/ 지금은 천기를 읽을 나이"에 이르렀다. 온몸으로 하늘의 기운을 느끼려면 무엇보다 자기중심으로 이 세상을 판단하는 마음부터 내려놓아야 한다. 시인은 가운데가 움푹한 발바닥을 보며 '하늘'을 생각한다. 발바닥에 깊이 서린 생의 아픔에서 '하늘'을 들여다보는 이 마음으로 시인은 시를 쓴다. 어느 때는 "으르렁대는 천둥"이 길을 막아서기도 했지만, "각질 더덕한 걸음으로" 시인은 고통이 넘쳐나는 그 길을 걷고 또 걸어왔다. 시간이 흘러 천기를 읽을 나이에 이르러서야 시인은 비로소 자신이 걸어온 그 길이 바로 아버지가 걸어온 길이라는 것을 알게 되었다.

천기를 읽을 나이란 어찌 보면 아버지가 걸어온 길을 이해하는 나이를 가리키는지도 모른다. "돌이켜보니 아버지는 언제나/ 맨발이었다"라는 시구에 드러나는 대로, 그 시절에 몰랐던 진실에 시인은 시간이 흐른 다음에야 조금이나마 다가서게 된다. 흐르는 시간이 알려주는 진실은 늘 이렇다. 가을이 되어야 봄에 새싹이 나는 이유를 알 수 있고, 봄이 되어야 겨울에 내리는 눈의 의미를 제대로 알 수 있다. 일이 끝난 다음에야 진실이 드러난다는 정신분석학의 근본을 굳이 들이대지 않더라도, 우리는 항상 뒤늦게 찾아온 진실로 해서 끊임없이 아파하고 또 아파한다. '그때 그랬으면' 하는 후회의 말에는 그때 그러지 못한 아픔이 새겨져 있다. 이 아픔을 가슴에 품고 시인은 지나간 시간을 돌이켜본다. 맨발로 가시밭길을 걸은 아버지의 삶을 들여다본다.

'시인의 말'에서 시인은 모든 기억들이 "낱낱의 홀씨 되어 다 날아가버려라"라고 외치고 있다. 이런저런 곳으로 날아간 홀씨는 봄이 오면 새 꽃을 피우게 될 것이다. 그 과정에서 어떤 홀씨는 누군가의 발에 밟히기도 하겠지만, 그런 일이 없이 어떻게 봄에 새 꽃이 피어날 수 있을까? 홀씨란 시간의 주름들과 같다. 홀씨 속에 접히고 접힌 주름들이 활짝 펼쳐지는 순간 우리 눈앞에는 더없이 아름다운 꽃 한 송이가 피어난다. 한 송이 꽃을 피우기 위해 우리는 얼마나 많은 시간의 주름들을 쌓아야 할까? 자기 혼자 쌓은 시간의 주름이 아닐 것이다. 또 다른 누군가의 시간들이 접히고 접혀 우리가 기억하는 시간의 주름들이 이루어졌을 것이다. 이현조는 시간의 주름들이 풀어내는 이 기억들로 시를 쓴다. 시간 속에서 시간을 넘어서는 어떤 흔적으로서 주름들이라고 말하면 어떨까?

상사화 한 줄기 병에 꽂았다
꽃 한 송이와 올망졸망
꽃망울 넷이 한식구다
망울은 틔워야 눈을 감지
몸을 찢어 마른 젖에 물을 댄다
꽃이 지자 꽃대는 찢기고 둥글어져
병 모가지에 걸쳤다

꽃망울은 애써 하늘로 머릴 둔다

아버지 돌아가시고 엄니가 그랬다
망울 넷 틔우느라 돌돌 말려 둥그러졌다
엄니 몸 빨대 삼아 꽃이 되었지만
벌도 나비도 들지 않는다
막내 꽃 숭어리도 쉰 해를 넘어간다

병 속 물이 바닥까지 말랐다

　　물도 늙으면 백발이 된다

　　　　　　　　　　　　　　　　　　—「부러진 상사화」 전문

　　주름진 시간들에서 풀려 나오는 기억은 무엇보다 시인의 가족사와 밀접하게 연동되어 있다. 위 시에 표현된 바 그대로 시인에게 가족은 꽃과 잎이 따로따로 피는 상사화(相思花)로 남아 있다. 서로를 한없이 그리워하면서도 같은 곳에 있을 수 없는 아픔이 '상사화'라는 꽃에 스며들어 있다고나 할까? 꽃병에 꽂힌 상사화 한 줄기를 보며 시인은 누군가의 희생으로 유지되는 '식구'를 떠올린다. 아버지가 돌아가신 후 엄니는 "망울 넷 틔우느라 돌돌 말려 둥그러졌다". 망울을 피워야 죽어서도 눈을 감을 수 있다. 어미는 제 몸을 찢어 마른 젖에 물을 댔다. 어미 몸을 빨대 삼아 망울은 꽃을 피웠지만, 대신에 어미 몸은 "벌도 나비도 들지 않는" 메마른 몸으로 변해버렸다.

　　막내가 쉰 해를 넘기는 바로 그 시점에 "병 속 물이 바닥까지 말랐다"라고 시인은 쓰고 있다. 어미의 젖을 먹고 망울 넷은 꽃으로 피어났다. 시인은 젖이 말라 메마른 어미의 몸을 '부러진 상사화'에 비유하고 있다. 몸이 메마른 생명이 어떻게 아프지 않을 수 있을까? 「투병 중」을 보면, "새털 같은 꺼풀조차 들어 올리지 못하는 눈"으로 자식의 얼굴을 더듬는 아픈 노모가 나온다. 몸이 아플수록 어미는 제 몸으로 꽃을 피운 멍울들이 새삼 더 그립기만 하다. 이런저런 핑계를 대며 자식들은 노모를 멀리하지만(「핑계」), 가족이라는 울타리에 갇힌 삶을 산 어미야 어디 그런가. 시인은 "혈서로 맺어진 얼굴"로 물기라고는 하나도 없는 어미의 얼굴을 표현한다. 몸이 메말라도 혈서로 맺어진 얼굴만은 차마 잊을 수 없다. 이 얼굴 하나를 꽃 피우기 위해 살아온 인생이 아닌가.

　이현조의 시에는 가슴 한쪽에 커다란 아픔을 간직한 채 묵묵히 주어진 삶을 살아가는 가족들의 일상이 생생하게 담겨 있다. 교통사고를 당해 반신불수가 된 할머니의 수족이 되어 반평생을 산 할아버지는 할머니를 저세상으로 보내고 나서야 정신 줄을 놓았다. 임종을 지키지 못한 손자의 마음에 할아버지는 "칼바람"(「칼바람」)으로 새겨져 있다. 할아버지는 늘 사람은 같이 음식을 먹어보면 알게 된다는 말을 했다. 다른 이가 맛난 음식을 먹도록 하기 위해 젓가락을 놓을 줄도 알아야 한다는 할아버지의 말을 우리는 어떻게 받아들여야 할까? 할머니에게 수족을 내어준 할아버지는 "곰팡내 나는 품속으로 찾아든 손자에게/ 청빈한 마음"(같은 시)을 얹어주고는 힘들었던 생

을 끝마쳤다. 나중에 시인이 된 손자는 할아버지가 물려
준 이 마음으로 시간 속에 묻힌 기억들을 하나하나 시 세
계로 이끌어내고 있는 셈이다.

   할아버지가 식구들에게 남긴 정신적 유산은 가풍이
되어 다음 세대로 이어졌다. 「가풍」에 나타나는 대로 가
족들은 저마다 할아버지가 유언처럼 남긴 말을 온몸으
로 실천한다. 아버지는 손수 미역국을 끓여 어머니의 생
일상을 차리고, 함께 밥을 먹고 싶은 여자를 만난 아들은
맛난 것을 여자 밥그릇에 올려주기 바쁘다. 일주일이 멀
다 하고 잔칫상을 차려 문밖으로 가풍을 전하는 여자는
또 어떤가? "아들은 여자를 위해 밥값을 번다"는 결구로
시인은 시를 맺는다. 가족을 위한 삶은 곧바로 문밖에 사
는 사람들을 향해 베푸는 마음으로 뻗어나간다. 다른 이
에게 맛난 것을 양보하는 할아버지의 마음이 문밖으로
잔칫상을 내가는 여자의 마음으로 이어진다. 남의 입에
들어가는 음식을 즐거운 마음으로 보는 일만큼 아름다
운 게 어디에 있을까? 시인은 할아버지가 실천한 이 마
음을 서정의 근간으로 삼아 시를 쓴다. 그의 서정에는 이
미 바깥을 향한 시적 사유가 내포되어 있다고 볼 수 있는
것이다.

   여보 엄마한테 별일 없는지 전화 좀 해봐

왜 자기가 안 하고 맨날 나한테 시켜

아내는 모른다
엄마, 하고 부르면
머릿속이 하얘지고 말문이 막힌다는 걸
엄마와 난 말로 대화하는 사이가 아니라는 걸

초등학교 때 탈수증 걸려 걷지도 못할 때
엄마보다 훌쩍 큰 나를 업고 약국으로 달려가던 기억
가출해서 몇 년 만에 불쑥 찾아온 나를
아이구 우리 아들 왔냐 어디 한번 안아보자던 기억

아직 고맙다는 말도 못 했는데
무슨 말을 할 수 있겠어
치매로 그 기억들 잊었으면 어떡하라고

여보 엄마한테 뭐 필요한 거 없는지 전화 좀 해봐
                                —「안부 전화」 전문

　남편이 아내를 향해 엄마에게 전화를 해보라고 부추긴
다. 남편은 엄마에게 전화를 할 때마다 꼭 아내를 찾는다.
엄마와 사이가 좋지 않은 것일까? 남편이 엄마를 부르면

"머릿속이 하얘지고 말문이 막힌다는 걸" 아내는 모른다. 남편은 생각한다. 말로는 표현할 수 없는 어떤 기운으로 엄마와 자신 사이에는 연결되어 있다고. 초등학교 때 남편은 탈수증에 걸려 걸음조차 제대로 걷지 못한 적이 있다. 엄마는 자신보다 키가 큰 아들을 업고 약국으로 달려 갔다. 이 기억을 어떻게 말로 표현할 수 있을까? 가출한 뒤 몇 년 만에 불쑥 집으로 돌아온 아들을 엄마는 아무 말 없이 안아주었다. 엄마 품에 안긴 아들의 몸속에 깊이깊이 새겨진 이 따뜻한 감각 또한 어떻게 말로 표현할 수 있을까? '엄마'라는 말을 내뱉으면 이 기억이 스멀스멀 올라올 것 같아 엄마에게 전화해야 할 일이 생길 때마다 남편은 아내를 찾는 것이다.

시인의 마음속에 엄마는 쉬이 잊을 수 없는 감각으로 살아 있다. 사물에 대한 감정을 표현한다고 시가 되는 것은 아니다. 감정이란 시 이전의 상황을 담고 있을 뿐이다. 감정이 감각으로 거듭나는 순간 한 편의 시가 탄생한다고 말하면 어떨까? 위 시에서 시인은 기억 속에 새겨진 엄마의 따뜻한 품을 감각적으로 표현하고 있다. 몸에 새긴 감각은 시간이 흘러도 사라지지 않는다. 치매에 걸려 점점 그 시절의 기억을 잃어가는 엄마에게 시인은 그래서 직접 전화를 걸지 못한다. "아직 고맙다는 말도 못 했는데/ 무슨 말을 할 수 있겠어"라는 구절로 시인은 엄마를 향한 애틋한 마음을 드러낸다. 말로 표현할 수 없는 것을 시인은 감각으로 표현한다. 그 시절의 엄마는 이 감각을 통해 시적 현재를 사는 존재로 거듭나는 것이라고 하겠다.

누구나 자기 마음속에 시적 현재를 품고 있다. 시적 현재는 시간이 흐른다고 쉬이 변화하는 게 아니다. 어른이 되어도 우리는 그 시절의 엄마 품이 얼마나 따뜻한지 온몸으로 기억하고 있지 않은가. 이현조 시에 표출되는 서정은 무엇보다 엄마 품에 드리워진 이러한 감각과 밀접하게 이어져 있다. 엄마 품의 감각을 온몸에 품은 시인이 어떻게 타인들의 아픔을 외면할 수 있을까? 시의 감각은 그 속에 이미 타자의 고통과 함께하는 윤리를 내포하고 있다. 윤리는 아픈 존재들의 시선으로 이 세상을 들여다보는 마음을 가리킨다. 시인은 자기 마음을 깊이 있게 들여다봄으로써 타인의 아픔으로 다가가는 길을 활짝 열어젖힌다. 돌려 말하면 제 마음을 들여다보지 않는 존재는 결코 타인의 아픔을 이해할 수 없다. 시작(詩作)이 타자의 아픔에 공명하는 형식이라는 점은 이로써 분명해진다고 하겠다.

장수원 치매 노인들과 전통 놀이 한다

영도 할아버지는 복자 할머니 뒤만 따라다닌다

할아버지는 간식을 받으면 주머니에 숨겼다가

몰래 복자 할머니 손에 쥐여준다

연애편지나 휘파람 따윈 잊었지만

사랑이 무엇인지는 몸이 기억한다

장수원으로 돌아가는 버스를 몰던 내 손에

할머니가 내리시며 무엇인가를 쥐여준다

간식 시간에 나눠준 사탕이다

이후로 영도 할아버지가 보이지 않아

복지사에게 물었더니,

할머니가 내게 사탕 주시는 걸 보셨단다

그 사탕이 할아버지가 할머니에게 주신 거였단다

그날 이후로 영도 할아버지는

말씀도 줄고 할머니를 피해 다닌다고 한다

복자 할머니에게 편지를 썼다

복자 씨, 내 사랑은 사탕 하나로는 택도 없어요

요즘 밥 먹자는 할머니가 있어요

사탕보다 밥이 좋은 절 용서하세요

—「삼각관계」전문

장수원 치매 노인들은 가족의 다른 이름이라고 할 수 있다. 치매에 걸린 노인들은 서서히 기억을 잃어간다. 나이가 들면 그만큼 기억 또한 많아지기 마련이다. 기억을 왜 시간의 주름들과 관련짓겠는가. 치매 노인들은 아직 기억이 살아 있는 그 순간으로 돌아간다. 영도 할아버지가 그렇고, 복자 할머니가 그렇다. 영도 할아버지는 복자 할머니를 좋아한다. 간식을 주머니에 숨겨 복자 할머니 손에 몰래 쥐여줄 정도다. 할아버지는 연애편지나 휘파람 따위로 마음을 표현하지 않는다. 그런 방식으로 사랑을 표현하는 것을 잊었을지 몰라도 할아버지의 몸은 사랑이 무엇인지 분명히 기억하고 있다. 사랑만큼 본능적인 게 어디에 있을까? 이러니저러니해도 인간은 사랑을 통해 맺어지고 다음 생을 기약한다. 할아버지와 할머니는 지금 시간이 흘러도 사라지지 않을 사랑의 본능에 충실한 삶을 살고 있는 셈이다.

그렇다고 사랑의 본능이 한 방향으로만 향하는 것은 아니다. 한동안 영도 할아버지가 보이지 않아 시인은 복지사에게 소식을 묻는다. 복자 할머니가 시인에게 사탕을 주는 걸 할아버지가 본 모양이다. 할아버지가 할머니에게 몰래 준 그 사탕 말이다. 사탕에는 할머니를 향한 할아버지의 마음이 담겨 있다. 그 사탕을 다른 사람에게 주었으니 할아버지 마음이 얼마나 상했을까? 그날 이후 할아버지의 말씀이 줄었단다. 할머니를 보면 피해 달아나기도 했단다. 할아버지의 이 마음을 시인이 모를 리 없다. 시인의 마음 깊이 담겨 있는 그 사랑(의 본능)을 할아버지는 지금 앓고 있지 않은가. 치매에 걸려 기억을 잃는다고 해도 사랑의 본능만은 여전히 살아 있다. 기억을 잃어가기에 할아버지는 아무런 사심 없이 할머니를 좋아할 수 있을지 모른다. 그 마음을 시를 쓰는 사람이 어떻게 외면할 수 있을까.

시인은 안타까운 마음으로 복자 할머니에게 편지를 쓴다. 누군가에게는 참으로 절실한 사랑의 마음일 테니 상대의 마음을 헤아리며 편지를 써야 한다. 할머니는 사탕으로 사랑을 고백했다. 그 사탕이 하필 할아버지에게서 받은 사탕인 게 문제라면 문제다. 사탕으로 고백한 할머니에게 시인은 "내 사랑은 사탕 하나로는 택도 없어요"라고 말한다. 밥 먹자는 할머니가 따로 있다는 말도 덧붙인다. 마음 깊이 사랑을 품었을지 모를 복자 할머니가 이 말을 들으면 어떤 반응을 보일까? "사탕보다 밥이 좋은 절 용서하세요"라는 구절로 시인은 시(편지)를 맺는다. 시 제목은 '삼각관계'지만, 이 시를 읽으며 정말로 사랑의 삼각관계에 주목하는 사람은 없을 것이다. 시인은 치매에 걸린 할아버지와 할머니 사이를 오가는 그 마음에 관심을 기울인다. 사랑하는 사람의 손에 사탕 하나를 쥐여주는 마음이 곧 시심(詩心)이 아닐까.

걸음마도 못 떼고 온 어린것들

에미 얼굴이나 알아볼까, 눈시울 젖는디

비탈밭 내려가는 흰나비

영락없이 화병으로 죽은 영감 옷자락이네

　　　　　　　　　　　　　—「꽃 소식」 부분

나이가 들면 애쓰지 않아도

왜 서로를 닮아가는지

나무나 거북이보다 나이 어린 어르신

모두가 같은 주름으로 엮여 있다

　　　　　　　　　　　　　—「정자나무」 부분

육십갑자를 돌아온 소녀와 소년이

손을 잡은 듯 만 듯 어깨에 기댄 듯 만 듯

으악새처럼 서 있다 찰칵

　　　　　　　　　　　　　—「억새꽃 부부」 부분

　시간 속에서 모든 것은 변한다. 우리는 '기억'이라는 말
로 시간 속에서 변하는 것을 어떻게든 움켜잡으려 하지
만, 시간이 흐르면 모든 것은 변한다는 사실만은 변하지

않는다. 치매에 걸린 할아버지와 할머니의 마음 깊이 새겨진 사랑의 본능은 그럼 어떨까? 시인의 눈은 언제나 보이는 세계 너머를 들여다보려고 한다. 시간이 흘러도 변하지 않는 무언가에 시심을 기울인다는 말이다. "사람은 함께 밥을 먹어보면 안다"는 유언을 남긴 할아버지(「가풍」)는 이리 보면 마음 깊이 시심을 간직한 존재로서 일상을 산 존재라고 할 수 있다. 시인도 다르지 않다. 그는 지금 할아버지가 남긴 이 유언을 바탕으로 시를 쓰고 있지 않은가. 특별한 사람이 시를 쓰는 것은 아니다. 일상을 사는 누구나 시를 쓸 수 있다. 중요한 것은 시를 쓰는 그 마음으로 일상을 들여다볼 수 있느냐는 점이다.

위에 인용한 세 편의 시에는 시가 왜 일상과 뗄 수 없는 관계를 형성하는지 분명히 나타난다. 「꽃 소식」을 먼저 보도록 하자. 우체부가 밭에 거름을 내는 할매에게 편지 한 통을 쥐여준다. 딸에게 온 편지다. 주말에 애들을 데리러 간다는 내용이 담겨 있다. 열두 해 만에 빚을 갚고 월셋집을 얻었다는 소식에 할매는 막혀 있던 속이 뻥 뚫리는 듯한 기분을 느낀다. 걸음마도 못 뗀 어린것들을 할매에게 맡기고 딸은 돈을 벌기 위해 길을 나섰다. 열두 해 만에 보는 엄마를 아이들은 과연 알아볼 수 있을까? 이 생각만으로도 할매의 눈시울이 젖는다. 그런 할매의 눈에 문득 비탈밭을 내려가는 흰나비가 보인다. 흰나비는

"영락없이 화병으로 죽은 영감 옷자락"을 닮았다. 할매의 눈은 늘 바깥으로 열려 있다. 빚을 진 딸을 염려하고, 젖을 떼기도 전에 엄마와 떨어진 어린것들을 걱정하며, 화병으로 죽은 영감을 늘 마음에 품고 한생을 살아왔다. 시인은 할매의 이 마음을 그대로 시어로 옮겨 적는다. 할매의 일상에 시심을 불어넣은 것이라고나 할까.

「정자나무」에도 이러한 할매의 마음에 잇닿은 시심이 변함없이 이어진다. 충남 홍성군 구항면 내현리에 있는 '거북이마을'은 "나무도 사람도/ 낮게/ 느리게/ 오래가는"(4연) 곳이다. 그곳에는 "푸른 허공에 말씀을 받아 적는 느티나무"(2연)가 산다. 백팔십육 년을 산 이 나무는 바람이 뿌리 속까지 스며들면 뼈마디가 쑤신다. 그 느티나무 아래 늘어진 가지를 이고 앉아 한낮을 피하는 어르신들이 보인다. 느티나무만큼 살지는 않았지만, 뼈마디가 쑤신 느티나무의 마음을 누구보다 잘 아는 그들이다. "나무나 거북이보다 나이 어린 어르신/ 모두가 같은 주름으로 엮여 있다"라고 시인은 쓰고 있다. 어떤 생명도 늙음을 비켜갈 수 없다. 주름만큼 시간의 흔적을 제대로 보여주는 것이 어디에 있을까? 시인의 말마따나, 이 주름으로 하여 나이가 들면 모든 생명들은 서로를 닮아가는지도 모르겠다.

「억새꽃 부부」에 나타나는 대로 사람들은 지난 시절을

애틋하게 그리워하는 마음을 가슴 한쪽에 품은 채 사람들과 더불어 산다. 할미꽃 같은 여인은 그래서 아직도 남편을 '철수 아빠'라고 부른다. 철수가 이미 아빠 소리를 들을 정도로 시간이 흘렀는데도, 여인은 그 시절의 끈을 놓지 않고 있다. 이 끈을 놓으면 "뒷방 같은 경로석"에 앉거나 "동정 같은 우대"를 받으며 살아야 한다. 남편을 보면 여전히 수줍은 마음이 올라오는데 어떻게 이 마음을 내려놓고 시간에 휩쓸리는 삶을 살 수 있단 말인가. 시인은 육십갑자를 돌아온 여인의 마음을 너무나 잘 알고 있다. 흐르는 시간과 함께 얼굴에는 주름이 잡혔을지 몰라도 마음에까지 주름이 잡힌 것은 아니다. 시인은 "육십갑자를 돌아온 소녀와 소년"으로 억새꽃 부부를 표현한다. 치매에 걸려도 사람들은 사랑을 하고, 육십갑자를 넘어도 사람들은 여전히 소녀와 소년을 마음에 품고 있다.

그대와 너무 오래 너무 멀리
떨어져 있었다
몸이 멀어져 그대가 낯설어질 즈음
그리움마저 내려놓고, 비로소 보았다

태초로 돌아가 요람에 들 듯
노(老) 시인의 이야기 속에 스치는 얼굴

그만큼 오래 보았으면 이젠 동거라도 해야지

그대를 품자 옹알이하듯 말문 트인다

—「시」전문

　마음에 품은 '소녀와 소년'을 멀리한 채 사람들은 저마다 고달픈 인생을 살아왔다. 소녀와 소년의 마음을 버리지 않고 어떻게 험난한 이 세상을 살 수 있을까? 그대의 얼굴에 새겨지는 주름살을 애써 외면하고 살다 보니 어느덧 "그대와 너무 오래 너무 멀리" 떨어지는 상황에 빠져들었다. 몸이 멀어지면 마음도 멀어지는 법이다. 그대를 향한 그리움마저 내려놓았다고 생각한 순간 시인은 저도 모르게 "노(老) 시인의 이야기 속에 스치는 얼굴"과 마주하게 된다. 일상에 매인 눈으로는 볼 수 없는 얼굴이다. 시인은 "태초로 돌아가 요람에 들 듯" 이 얼굴과 마주쳤다고 고백한다. 태초로 돌아간 얼굴은 인간의 감정에 매이지 않는다. 시인은 분명 그리움마저 내려놓는 어떤 순간에 이르러서야 이 얼굴을 만났다고 했다. 참으로 오랫동안 보아온 얼굴이지만 일상에 치여 늘 외면했던 얼굴이다.

　그리움마저 내려놓은 시인은 드디어 무구한 마음으로 그 얼굴을 품는다. "그대를 품자 옹알이하듯" 말문이 트인다. 옹알이는 태초의 언어와 연결되어 있다. 일상 언어에 익숙한 사람들은 옹알이를 언어로 인정하지 않는다. 그 누가 아기의 옹알이를 쉬이 알아들을 수 있을까? 시인은 태초의 얼굴이 내뱉는 이 옹알이로 굳건하게 닫혀 있던 시의 (말)문을 열어젖힌다. 「시작(詩作)」을 참조한다면, 옹알이는 "어둠의 심연에서 이를 악물고/ 피어오르는 독기"와 같은 것이다. 시인은 왜 하필 '독기'라는 시어로 옹알이를 표현하고 있는 것일까? 시간 속에서 탄생한 시는 늘 시간 밖을 엿본다. 시간 밖에는 무엇보다 죽음이 도사리고 있다. 어둠의 심연에서 피어오르는 독기는 바로 시작에 새겨져 있는 이러한 죽음의 기호를 가리킨다.

몸을 망치는 독기인 줄 알면서도 시인은 "꽃 피는 순간 출렁이는 씨줄과 날줄"을 차마 떨쳐낼 수가 없다. "독기 없이는 하루도 눈뜰 수 없는/ 황홀한 유희"를 펼치기 위해 시인은 오늘도 독기가 피어오르는 어둠의 경계를 넘나들고 있다. 이를 악물고 버티지 않으면 이 경계 밖으로 떨어져 나가기 십상이다. 태초의 언어를 상징하는 옹알이는 이리 보면 어둠의 심연을 탐색하는 유일한 언어라고 말할 수 있다. 엄마와 같은 마음을 지닌 존재만이 아기의 옹알이에 담긴 의미를 이해할 수 있다. 엄마는 온몸으로 아기와 대화를 한다. 정확히 말하면 아기가 내뱉는 옹알이는 어둠으로 상징되는 태초의 감각과 이어져 있다.

아기는 몸으로 전해지는 감각을 옹알이로 표현하고, 엄마는 온몸의 감각으로 그 옹알이에 서린 의미를 받아들인다.

이런 맥락에서 아기가 내뱉는 옹알이는 치매에 걸린 노인들의 언어와 긴밀하게 연동되어 있다. "늘어지고 덜컹이고 가시 돋친/ 수취인 불명의 주소를 말소시키고/ 마른 잉크 몇 줄만 남긴"(「주소록을 정리하며」) 자리에서 생성되는 이 언어들로 이현조는 여전히 마음속을 흐르고 있는 '소녀와 소년'의 마음을 표현한다. 시간의 때가 묻은 모든 것들을 지워야 "채워야 할 공백이 덩그러니 일출을 맞는다"(같은 시). 공백이란 여백과 같다. 여백으로 가득 찬 아기의 옹알이를 떠올려보라. 어둠의 심연과 마주친 존재만이 이러한 여백 속으로 기꺼이 들어갈 수 있다. 천기를 읽을 나이가 되어서야 시인은 시간의 주름들을 시어로 펼쳐낼 수 있는 힘을 얻었다. 여백을 여백 자체로 보는 마음의 힘을 얻은 거라고 말하면 어떨까? 이현조 시에 드리운 여백의 미학은 바로 이 지점에서 무구한 소녀와 소년의 마음과 다시금 연결되는 것이다.